Les structures et le vocabulaire de ce livre sont fondés sur
une comparaison des ouvrages suivants :
Börje Schlyter : Centrala Ordförrådet i Franskan
Albert Raasch : Das VHS-Zertifikat für Französisch
Etudes Françaises – Echanges
Sten-Gunnar Hellström, Sven G. Johansson : On parle français
Ulla Brodow, Thérèse Durand : On y va

YORK COLLEGE

Rédacteur de serie :
Ulla Malmmose

RÉDACTEUR :
Ellis Cruse *Danemark*

CONSEILLERS :
Monica Rundström *Suède*
Otto Weise *Allemagne*
Ragnhild Billaud *Norvège*
Harry Wijsen *Pays-Bas*
G. N. Perren *Grande-Bretagne*
André Fertey *U.S.A.*

Maquette : Mette Plesner
Illustrations : Ib Jørgensen
Couverture : Billedhuset

© 1970 par Georges Simenon et
ASCHEHOUG A/S (Egmont)
ISBN Danemark 87-11-09308-0
www.easyreader.dk

Imprimé au Danemark par
Sangill Grafisk Produktion, Holme-Olstrup

GEORGES SIMENON
(1903-1989)

est né à Liège, en 1903, d'une famille d'origine bre-
tonne et d'alliance hollandaise. Amené très jeune à
gagner sa vie, il se trouve mêlé à des milieux fort
divers. A l'âge de vingt ans, il vient à Paris, où il
débute dans le roman populaire, sous différents
pseudonymes. Mais c'est en 1929-30 que Simenon
devient vraiment lui-même. Il compose un récit,
PIETR LE LETTON, où apparaît pour la première fois
la silhouette du fameux commissaire MAIGRET.
Dès lors vont se succéder des romans courts, les
uns dominés par Maigret, ayant pour centre un
drame policier, les autres formant des études de
milieux, de cas, de caractères.

Simenon a souvent été appelé «l'avocat des hommes» et si ses œuvres touchent tous les lecteurs,
dans tous les pays, c'est à cause de leur réalisme,
de leur poésie et de l'immense don de compréhen-
sion de l'auteur. Simenon cherche toujours, à
travers le commissaire Maigret, à défendre
l'homme, soit-il le coupable ou la victime; il
cherche à vivre avec les êtres et pour ainsi dire
«en» eux.

Après ses années parisiennes coupées de
voyages, Simenon a longtemps résidé aux États-
Unis. En 1955 il revient en Europe où il s'installe
d'abord sur la Côte d'Azur, puis, en 1957, en Suisse
dans sa propriété près de Lausanne. Il a écrit 206
romans sous son nom, dont 77 Maigret.

Ce livre, dont le titre original est «Les 13 *Énigmes*», a paru en 1958.

énigme (f), problème mystérieux dont on doit
deviner la solution

TABLE DES MATIÈRES

fourrures

J'étais par hasard à *Montmartre* vers deux heures du matin. Dans un cabaret, j'avais fait la connaissance d'un étranger, qui était assis à côté de moi, et dont il me fut impossible de *déterminer* la nationalité. Tantôt je croyais reconnaître l'accent anglais et tantôt l'accent slave qui pourtant se ressemblent aussi peu que possible.

Nous partîmes en même temps, et, une fois dans la rue, nous eûmes le même désir de marcher un peu sous le beau ciel d'hiver. Nous descendîmes la rue Notre-Dame-de-Lorette. Mais le froid était plus vif qu'il ne m'avait semblé tout d'abord, et je me mis à *guetter* les taxis qui passaient et dont aucun n'était libre.

Place Saint-Georges, une voiture rouge, de la série G. 7, s'arrêta à quelques mètres de nous. Une jeune femme en sortit rapidement, tout *emmitouflée* de *fourrures*. Elle paya le chauffeur et s'en alla sans attendre la *monnaie*.

– Prenez-le, dis-je, en désignant le taxi à mon compagnon.

– Je vous en prie! prenez-le, vous!

– J'habite tout près d'ici . . .

– N'importe! prenez-le quand même!

G. 7., compagnie de taxis
Montmartre, vieux quartier, dans Paris, où sont situés un grand nombre de restaurants et de cabarets
déterminer, fixer avec précision
guetter, examiner avec attention
emmitoufler, envelopper dans des vêtements chauds
monnaie, pièces d'argent constituant la différence entre la somme due et l'argent donné

J'acceptai et lui tendis la main, bien que nous ne nous connussions que depuis peu de temps.

Il me présenta sa main gauche, car, pendant toute la soirée, sa main droite était restée dans la poche de son veston. Et, une minute plus tard, j'*étais sur le point de* le rappeler.

Car je tombais brusquement en plein drame, en plein mystère. Dans la voiture où j'étais entré, je *heurtais* quelque chose. J'avançais la main et je m'apercevais que c'était un corps humain.

Le chauffeur avait déjà refermé la *portière;* la voiture était en marche.

Je n'eus pas la *présence d'esprit* de l'arrêter aussitôt. Quand cette idée me vint, il était trop tard. Nous suivions le faubourg Montmartre. Mon compagnon de la nuit devait avoir disparu ainsi que la jeune femme.

Je ne pourrais décrire toutes mes impressions. La fièvre de l'aventure me donnait chaud, et en même temps ma *gorge* était serrée.

L'homme près de moi avait glissé de la *banquette.* Il ne donnait aucun signe de vie. La lumière de la rue l'éclairait maintenant et j'apercevais un visage jeune, des cheveux blonds, un *complet* gris.

Il y avait du sang sur une main et, quand je touchai l'épaule de l'inconnu, ma propre main fut couverte de liquide rouge et chaud.

Ma lèvre tremblait. J'hésitais. Enfin, brusquement, je pris ma décision.

être sur le point de, être bien près de
heurter, toucher accidentellement
portière, porte d'une voiture
présence d'esprit, le fait de réagir vite
gorge, partie à l'arrière de la bouche

banquette →

complet

– Chez moi!

Peut-être, si je n'avais vu une femme jeune et probablement belle sortir de ce même taxi, aurais-je donné une autre adresse, celle d'un *commissariat de police* ou d'un hôpital.

Mais je sentais qu'il ne s'agissait pas d'une affaire *banale*. Je voulais qu'elle ne fût pas banale.

L'homme n'était pas mort. Je me demandais même s'il avait vraiment perdu connaissance puisqu'il respirait avec force et son *pouls* était sensible.

– Mon vieux! tu es peut-être en train de commettre une erreur! Dieu sait quels ennuis tu vas te mettre sur le dos . . .

Je pensais cela, mais j'avais déjà décidé de ne pas abandonner mon affaire à la police.

– Bien entendu, c'est cette femme qui a tenté de le tuer!

---

commissariat de police, bureau de police
banal, qui est très ordinaire, sans importance
pouls [pu], battement produit par le sang et qu'on
peut sentir au toucher

On arrivait dans ma rue. Il y avait un café ouvert à cent mètres de chez moi.

– Voulez-vous aller me faire la monnaie de cent francs? dis-je au chauffeur, craignant qu'il n'eût cette monnaie sur lui.

Il s'en alla. Je transportai le corps dans l'entrée de la maison. Un quart d'heure plus tard j'avais couché l'inconnu sur mon propre lit et j'examinais une petite *blessure* faite, probablement, à l'aide d'une sorte de *poignard.*

poignard

– Une arme de femme? . . . Mais il ne *revient* pas *à lui* et il a besoin d'un médecin.

La blessure était peu profonde et je comprenais mal pourquoi l'homme demeurait si longtemps sans conscience. Peut-être avait-il perdu beaucoup de sang?

Mais en avait-il perdu tant que cela? Il y en avait à peine sur ses vêtements.

– *Tant pis!* Il faut un médecin . . .

Je sortis. Je courus chez un ami qui habite tout près de chez moi et qui est étudiant en médecine. Je le tirai du lit.

Un peu plus tard, j'ouvrais ma porte. Je disais :

– Il est là. A gauche . . .

Et, aussitôt, j'ouvris grand les yeux.

Car mon blessé, mon *prisonnier* presque – car j'avais

---

blessure, coup qui fait couler le sang

revenir à soi, reprendre conscience

tant pis, expression voulant dire : cela ne va pas, mais on n'y peut rien changer

prisonnier, homme privé de sa liberté

tiroir

clef

fermé ma porte à *clef* en partant – avait disparu.

J'examinai soigneusement l'appartement qui était dans un désordre total. Tous les *tiroirs* étaient ouverts. Mes papiers, sur mon bureau, étaient *bouleversés*.

---

bouleverser, mettre en grand désordre

Mon ami me lança un sourire ironique.

- Tu avais beaucoup d'argent ici? demanda-t-il.

- Que veux-tu dire?

J'étais furieux. Je me sentais complètement ridicule, mais cela ne m'empêchait pas de défendre mon inconnu.

– Ce n'est pas un *voleur*. Il n'a rien emporté.

– En es-tu sûr?

– Parfaitement sûr! Tu ne vas quand même pas prétendre que je ne sais pas ce que j'ai chez moi? Eh bien! tout y est . . .

– Hum!

– Quoi hum!

– Rien! Alors, je peux aller me recoucher? Mais avant, je voudrais seulement te demander un verre d'alcool. Il fait tellement froid dehors, pour un homme qui sort du lit . . .

Quand mon ami fut parti, je sortis à mon tour, et je retournai place Saint-Georges.

Pourquoi? Je n'en sais rien! Ou plutôt avec le vain espoir d'y retrouver la trace de la jeune femme.

C'était idiot. Je l'avais vue s'en aller rapidement. Elle n'était entrée dans aucune maison proche, mais elle s'était dirigée vers la rue Saint-Lazare.

Malgré tout, j'*errai* pendant près d'une heure dans le quartier, dans un tel état que je parlai tout seul à voix haute.

Il était cinq heures du matin quand je me couchai dans le lit même où j'avais étendu mon blessé avec tant de soin.

A neuf heures, je fus réveillé par la *concierge* qui m'apportait le *courrier*.

Je me contentai de regarder les *enveloppes,* bien

---

voleur, celui qui prend ce qui est à une autre personne

errer, aller çà et là à l'aventure

concierge, personne qui garde une maison ou les appartements d'une maison

courrier, ensemble de s lettres qu'on reçoit ou qu'on envoie

enveloppe

timbre

décidé à *me rendormir*. Mais j'aperçus une lettre qui ne portait aucun *timbre*.

On me priait de me présenter à dix heures rue des Saussaies dans les bureaux de la *Sûreté Générale*.

---

se rendormir, recommencer à dormir
Sûreté Générale, service du ministère de l'Intérieur s'occupant de la surveillance policière

Il y avait le numéro du bureau auquel je devais m'adresser.

Je changeai au moins dix fois d'avis décidant tantôt de dire la vérité, tantôt de raconter une histoire, tantôt de changer seulement certains détails.

Bien entendu, je m'étais conduit comme un enfant. Mais je ne voulais pas l'avouer.

Les bureaux si tristes de la police m'impressionnèrent désagréablement, et après un quart d'heure d'attente dans un corridor, j'étais décidé à dire la vérité.

– Tant pis! Après tout, je n'ai rien fait de mal!

Une porte finit par s'ouvrir. J'entrai dans un petit bureau où une lumière violente pénétrait par la fenêtre.

Dans cette lumière, un homme était debout, les deux mains dans les poches. Et je me souviendrai toujours de cette silhouette grande et large, au visage ouvert et aux yeux clairs... et de ce sourire joyeux et sans ironie.

– Je vous ai fait venir afin de vous présenter toutes mes excuses . . .

Car c'était le blessé du taxi, l'homme qui *s'était enfui* de chez moi!

J'en restais *stupéfait*. Je regardais des pieds à la tête l'homme devant moi.

On avait l'impression d'un garçon sûr de lui, en même temps que d'un homme assez occupé de choses sérieuses pour ne pas s'inquiéter de sa *toilette*.

– Je me présente. Inspecteur B . . .

(Ici un nom connu, trop connu, que je ne peux écrire.)

---

s'enfuir, disparaître d'un lieu
stupéfait, fortement surpris
toilette, ici : façon de s'habiller

Aucune trace de *pansement*. Mais le bras gauche paraissait à peine un peu plus *raide* que le droit.

– Mais avancez donc . . . Prenez une chaise . . . Vous fumez?

Il me tendit un paquet de cigarettes.

– Vous avez passé, à cause de moi, une mauvaise nuit, et j'ai bien *failli* vous laisser dormir jusqu'à midi. Mais j'étais impatient de m'excuser . . .

Il y avait une partie de la pièce située près de la porte, que je n'avais pas encore vue. J'eus l'impression qu'il y

---

pansement, ce que l'on met sur une blessure pour la soigner et pour la protéger contre les infections
raide, difficile à plier
faillir, être bien près de

avait là quelqu'un qui me regardait et à qui l'inspecteur souriait plus encore qu'à moi.

Je fis un mouvement pour me retourner. Et au même instant l'inspecteur prononça :

– Tu peux avancer, Yvette...Je te présente...

Je n'entendis pas la suite. J'avais à peine vu la jeune femme de la nuit, mais il m'était impossible de ne pas la reconnaître. De plus, elle portait les mêmes fourrures.

Elle souriait, elle aussi. J'étais gêné. Je ne savais où poser le regard.

– Ma sœur... dit enfin l'inspecteur B., dont je devais devenir le compagnon presque inséparable. Plus tard je lui donnai, en souvenir de cette première rencontre, le nom de G. 7.

– Voilà des années, m'expliqua l'inspecteur, que l'homme avec qui, hier, vous avez bu du champagne, commet des crimes de toutes sortes dans les capitales européennes, sans qu'on ait jamais pu l'arrêter.

«Rendez-vous compte de la difficulté d'arrêter un homme qui, d'un mouvement du petit doigt, peut tout faire exploser autour de lui! ...

«Il y a un mois que je *suis sur ses talons*. Et hier, j'avais décidé de le prendre par *ruse*. J'étais dans un taxi avec ma sœur, en face du cabaret ... Ma blessure était prête, faite par moi-même, avec tout l'art possible. Vous voyez qu'il n'en reste à peu près rien.

«Place Saint-Georges, ma sœur est descendue et notre homme devait presque inévitablement profiter de ce que la voiture était libre, pour la prendre.

«Un homme blessé, sans connaissance, n'éveille pas

être sur les talons de qn, suivre qn de tout près
ruse, moyen habile que l'on invente pour tromper qn

la *méfiance*. Il ne m'eût pas fallu cinq minutes pour trouver l'occasion de lui arracher le mécanisme qui se trouve dans la poche de son veston et qui permet de faire exploser la dynamite . . .

«Vous avez fait tout *rater*. Un instant, je vous ai pris pour un *complice*. J'ai *fouillé* vos tiroirs . . . Vous m'excuserez?»

Il vit que j'étais *désarmé* et il conclut :

– Si j'ai perdu un ennemi, j'espère que du moins j'ai gagné un camarade . . . peut-être un ami . . .

---

méfiance, contraire de confiance : raison de se tenir en garde contre les intentions de qn
rater, ne pas réussir
complice, celui qui aide une autre personne à commettre un crime
fouiller, chercher avec soin
désarmé, (fig.) qui n'a pas de sentiments hostiles envers qn

Questions

1. Pourquoi l'auteur n'appelle-t-il pas la police?

2. Comment voit-on que le blessé dans le taxi n'a pas perdu connaissance?

3. D'après vous quels sont les sentiments de l'auteur en rentrant chez lui?

4. Pourquoi le commissaire ne révèle-t-il pas son identité dans le taxi?

5. Pourquoi le fait-il le lendemain?
   Qu'est-ce que cet acte révèle de son caractère?

aile

perron

L'ESPRIT DÉMÉNAGEUR

Ce fut une nuit longue et pénible, et j'avoue que j'*en voulus* à G. 7 de m'avoir fait parcourir près de trois cents

---

esprit, âme d'un mort qui revient, pour communiquer avec les vivants, et montrer sa présence par certains phénomènes
déménageur, qui transporte des meubles
en vouloir à qn, avoir des sentiments hostiles envers qn

kilomètres pour attendre à côté de lui dans une chambre fermée à clef et sans lumière.

Nous étions arrivés la veille au soir dans ce petit village du *Nivernais*. Le maître de maison, Edgar Martineau, avait envoyé une voiture nous chercher à la gare. Il nous attendait sur le *perron* de sa maison, que les gens du village appellent le château.

Une vieille maison à deux *ailes,* de style Louis quatorze, dont les murs et le toit sont en mauvais état, mais qui est entourée d'un parc de toute beauté.

Des paysans étaient groupés sur la route pour nous regarder passer, et cela ne m'amait pas étonné d'apprendre qu'ils s'attendaient à nous voir tomber sous les coups de l'esprit déménageur.

Car on savait que G. 7 arrivait de Paris afin de *mettre la main sur* l'esprit qui, depuis un an, faisait l'objet de toutes les conversations du village.

Lorsqu'il s'était *manifesté* pour la première fois, le château était la propriété d'une vieille dame, Mme Dupuis-Morel. Elle avait poussé de hauts cris en trouvant un matin le plus lourd de ses *bahuts* au milieu de la pièce dont il occupait normalement un coin.

Personne ne crut à cette histoire, et le village se mit à se moquer de la vieille dame.

Mais le bahut prit l'habitude, aussitôt remis dans son coin, de changer de place, et il fallut avouer qu'il y avait là quelque chose d'anormal.

Ce bahut était immense, d'un poids considérable. C'était un de ces meubles antiques comme on n'en fait

---

Nivernais, province française
perron et *aile,* voir illustration page 21
mettre la main sur, arrêter
manifester, montrer sa présence par certains signes

bahut

plus, pour la bonne raison qu'ils n'entreraient pas dans les appartements modernes.

Mme Dupuis-Morel n'employait qu'une *servante* aussi vieille qu'elle et un *jardinier* de soixante-douze ans. Il n'y avait personne d'autre au château.

Or, tout le village vint peu à peu se convaincre que le bahut refusait de garder la place qui lui était destinée.

Seul Martineau ne voulait pas entendre parler de ces histoires, et dès qu'il sut que le château *hanté* était à vendre, il alla voir sa vieille amie Dupuis-Morel. Bien entendu, il *eut* le domaine *pour* presque *rien :* à peine la moitié de sa valeur.

Il annonça, à tous ceux qui voulaient l'entendre, que l'esprit déménageur n'oserait pas agir tant qu'il vivrait au château.

---

servante, domestique, femme employée pour travailler dans une maison
jardinier, homme qui s'occupe du jardin
hanté, habité par un esprit, un fantôme
avoir pour rien, acheter très bon marché

Mais quelques jours plus tard, on le voyait changer d'attitude. Il se montrait inquiet. On *chuchota* que l'esprit déménageait toujours le bahut et que Martineau n'attendrait pas pour mettre le domaine en vente *à son tour*.

Tels étaient les faits. De loin, cela paraît idiot. Mais quand on est dans le pays, quand on ne voit que visages inquiets, quand on entend les gens ne parler qu'à voix basse, on comprend que le *maire* ait demandé l'aide d'un inspecteur de Paris pour mettre fin à une telle situation.

Nous passions donc, G. 7 et moi, la nuit dans la chambre au bahut, installés dans des fauteuils, une bouteille de vin blanc et des sandwiches au jambon à côté de nous.

---

chuchoter, parler bas, en général quand il s'agit de choses que l'on veut garder secrètes
à son tour, lui aussi
maire (m.), celui qui est à la tête d'une ville ou d'un village

Le bahut était à sa place, contre le mur de gauche, et de temps en temps nous allions nous assurer qu'il n'avait pas bougé.

Nous étions dans la tradition jusqu'au bout : nous n'avions pas fait de lumière, nous ne parlions pas, et même nous évitions de fumer, par crainte d'effrayer l'esprit déménageur.

C'est G. 7 qui avait voulu qu'il en fût ainsi, ce qui m'avait un peu étonné de sa part.

A vrai dire, depuis que nous étions dans la maison, il avait l'air de croire à cette histoire de fantôme. En tout cas, il n'en avait pas ri, même pas souri.

Même le propriétaire, qui pourtant n'*avait* pas *une tête à* avoir peur, lui aussi avait fini par se laisser impressionner. Dans la soirée, il nous avait expliqué l'*opération* de l'esprit.

La place du bahut était contre le mur. Il avait quatre pieds qui étaient posés, comme cela se fait souvent, sur des *supports* de verre épais.

Je tentai de soulever le meuble, ou seulement de le faire bouger de quelques centimètres, mais ce fut peine perdue. C'est tout juste si je parvenais à soulever un pied à la fois, et seulement de cinq à six millimètres.

Ce n'était pas un bahut: c'était un monument. Et il était *d'autant plus* lourd *que* Martineau y avait enfermé une quantité de vieux livres.

– Vous verrez qu'au matin vous le retrouverez au milieu de la chambre! A cette place, tenez! Demain, nous le remettrons où il est. Pour cela, il faudra trois

---

avoir une tête à, avoir l'air de, sembler
opération, ici : façon d'agir
support, qui aide à soutenir une chose très lourde
d'autant plus que, encore plus . . . parce que

25

hommes. Et douze heures plus tard il aura déménagé à nouveau . . .

Je n'y croyais pas. G. 7, lui, le prit au sérieux, et il accepta de passer la nuit dans la pièce, comme Martineau le proposait.

Je ne sais pas s'il s'endormit. Moi, j'étais sur le point de le faire plus d'une fois. La dernière fois que j'ouvris les yeux, l'*aube* commençait à éclairer la chambre où le vieux bahut était toujours à sa place.

Je regardai l'inspecteur avec ironie.

– Il n'a pas bougé! dis-je.

– Il n'a pas bougé, en effet. Si on allait fumer une cigarette dehors?

J'acceptai avec joie. Mais, dans le jardin, je fus désagréablement surpris par le froid humide du matin. Moins de cinq minutes plus tard, je proposai de rentrer.

Cinq minutes! Quand nous rentrâmes dans la chambre, le bahut était au milieu de celle-ci, tandis que les quatre supports de verre étaient restés à leur place respective.

Pendant que G. 7 finissait sa bouteille de vin blanc, je m'installai à côté de lui et en profitai pour noter quelques détails sur la pièce.

Par exemple, que le *plafond* était traversé tous les trente centimètres par des *poutres,* dans le style anglais.

Au milieu de ces poutres, il y avait de forts *crochets* qui avaient dû supporter de grosses lampes.

Enfin le *plancher* était magnifique, *ciré* avec soin. Je

---

aube, lever du jour
cirer, mettre de la cire (produit qui fait briller le bois)

plafond · poutre · crochet · plancher

cherchai des *rayures,* mais en vain. Une fois de plus je tentai de remuer le bahut. J'y mis toutes mes forces. Quelques instants plus tard, j'*étais en nage,* et c'est tout juste si le meuble avait bougé de quelques millimètres.

Une idée me passa par la tête. J'ouvris le bahut. Je m'attendais à le trouver vide de ses livres ou à voir ceux-ci rangés en vitesse.

---

rayure, trace fine faite par un objet sur une surface polie
être en nage, transpirer fortement, être couvert de sueur

Car le *soi-disant* esprit n'avait eu que cinq minutes pour le transporter. Il n'avait pas eu le temps de sortir les livres et de les ranger ensuite avec soin.

G. 7 souriait. Cela m'*énerva:*

– Savez-vous seulement quelles sont actuellement les personnes qui couchent dans la maison? demandai-je sur un ton agressif.

– Peu importe! répondit-il.

– Comment, peu importe? Vous n'allez pas prétendre que c'est un esprit déménageur qui . . .

– Vous vous considérez comme un homme de force moyenne, je suppose? Et même comme un homme de force supérieure . . . Vous faites du sport . . .

– Mais il peut exister un *colosse* qui . . .

– On l'aurait su! Surtout si le colosse en question avait déjà vécu ici *du temps de* Mme Dupuis-Morel . . .

Car n'oubliez pas que l'esprit se manifestait dès cette époque . . . C'est même là le point le plus important. Laissez-moi vous poser une question à mon tour . . . Si vous deviez pénétrer dans cette pièce de l'extérieur, comment feriez-vous?

Je rougis. Je dus avouer que je n'avais pas examiné les lieux à l'extérieur. J'allai vers la fenêtre.

– C'est facile! remarquai-je. Un enfant le ferait! Nous

échelle

---

soi-disant, qui prétend être
énerver, rendre nerveux, excité
colosse, homme très grand et très fort
du temps de, c'est-à-dire quand Mme Dupuis-Morel y habitait

robe de chambre

sommes au premier étage, mais il y a là un arbre qui a la forme d'une véritable *échelle* . . . Seulement, cela ne nous avance pas . . .

– Vous croyez?

– Mais, vous venez de dire vous-même qu'un homme n'est pas capable de remuer ce bahut! . . . A moins de penser qu'ils viennent à deux ou trois.

Je m'interrompis. Je triomphais.

– D'ailleurs, vous oubliez qu'il y a un instant nous étions dehors, et justement de ce côté de la maison…

Il souriait toujours, et j'étais prêt à *me fâcher,* d'autant plus que je n'avais pas dormi, ni déjeuné. Mais Martineau entra, en *robe de chambre,* les cheveux encore en désordre.

---

se fâcher, se mettre en colère

Il s'arrêta à la vue du bahut.

– Alors . . . vous l'avez vu? . . . *balbutia*-t-il.

– Comme vous dites! répondit tranquillement G. 7.

– Et . . . et vous ne l'avez pas arrêté? . . . Vous n'avez pas . . . pas *tiré* . . . *dessus?*

– Même pas!

L'homme tournait et retournait autour de son meuble, le touchait, puis regardait mon compagnon avec *angoisse*.

– Même en votre présence! dit-il. Ce n'est pas un de mes domestiques, au moins?

– Je ne pense pas. Comment sont faits vos domestiques?

– Il y a d'abord la *cuisinière,* Eugénie, une grosse femme de quarante ans . . .

– Passons . . .

– Puis il y a son fils, qui a quinze ans et qui soigne les chevaux . . .

– Passons . . .

– Enfin le *valet,* un grand garçon un peu *simple* . . .

– Ensuite?

– C'est tout, fit tristement Martineau.

– Dans ce cas, allez achever votre toilette. Car j'imagine que vous êtes venu ici avant même de vous laver . . .

– Mais l'esprit? . . . Qu'en pensez-vous?

– Qui couche dans cette *cabane,* au fond du parc? . . .

– Quelle cabane?

---

balbutier, prononcer mal, avec hésitation
tirer sur qn, blesser qn avec un revolver
angoisse, sentiment de peur
cuisinière, personne qui fait la cuisine
valet, domestique qui sert à table et fait d'autres services dans une maison
simple, ici : naïf
cabane, petite maison modeste, souvent en bois

G. 7 attira Martineau vers la fenêtre.

Je n'avais pas entendu parler de la cabane en question. Martineau semblait aussi surpris que moi.

Mais je compris bientôt que G. 7 avait voulu seulement saisir la main de notre *hôte* sans qu'il s'en aperçoive.

Il se mit à *renifler* les doigts du propriétaire, qui était devenu pâle.

– De la cire, hein, dit-il. Je sentais cela! *Rien de tel* pour faire glisser un objet en bois sur une surface de même matière. Sans compter que cela évite les rayures et que les traces, sur un plancher déjà ciré, s'effacent facilement . . .

L'autre était *écrasé* par cette conclusion *foudroyante*.

– Il a bien fallu que je continue! finit-il par dire tout bas.

– Bien entendu! Sinon on vous aurait accusé, du moment que c'était à vous que les opérations de l'esprit déménageur avaient profité.

Martineau fit un signe *affirmatif*. Puis il dit :

– La première fois, ce n'était pas moi . . .

– Je *m'en suis douté* tout de suite. Et je m'en suis assuré en versant une goutte de vin sur le plancher, près du bahut. Le vin a aussitôt coulé vers le centre de la

---

hôte, ici : celui qui reçoit des invités ou des visites
renifler, aspirer fortement par le nez pour sentir une odeur
rien de tel, rien de si efficace, c'est-à-dire qui produit tant d'effet
écraser, vaincre totalement
foudroyant, violent et rapide
affirmatif, pour dire oui
se douter de, supposer, imaginer

chambre où il s'est arrêté. Autrement dit, il y a une *pente,* très faible, mais suffisante pour permettre, surtout avec l'aide d'une matière grasse, de déplacer le bahut sans trop d'effort . . .

– Est-ce que vous croyez que j'irai en prison? En somme, je n'ai pas volé. Et un autre aurait pu acheter la maison au même prix . . .

G. 7 ne parut pas entendre. Il poursuivit son idée. D'ailleurs, que lui importaient à lui les conséquences *judiciaires* de ses *découvertes?* On lui avait donné une énigme à résoudre, un point c'est tout!

– Voyez-vous, c'est vous-même qui m'avez donné la solution. *Comme quoi* il est dangereux de trop parler. Vous m'avez dit que le bahut s'arrêtait toujours à la même place . . .

---

pente, surface qui n'est pas horizontale
judiciaire, relatif à la justice
découverte, ce qu'on a découvert
comme quoi, ici : ce qui montre que, ce qui prouve que . . .

Questions

1. Pensez-vous que G. 7 croit réellement à l'histoire du fantôme?

2. Pourquoi passe-t-il la nuit dans la pièce?

3. Pourquoi, au matin, quitte-t-il la pièce?

4. «Je m'en suis douté, et je m'en suis assuré» : expliquez cette phrase; que révèle-t-elle de la méthode d'*enquête* de G. 7?

5. Pourquoi était-il si important que le bahut s'arrête toujours à la même place?

---

enquête, recherches pour découvrir un crime

LE CORPS DISPARU

D'abord l'histoire *en bref,* comme un coup de téléphone, un soir, vers onze heures, nous l'apprit, à G. 7 et moi, et nous décida à prendre le train tout de suite.

Le jour même, à 4 heures de l'après-midi, les habitants de Tracy, un tout petit village au bord de la Loire, aperçoivent le corps d'une jeune fille qui s'en va au courant de l'eau.

On *repêche* le corps à l'aide d'un petit bateau. Bien qu'il ne donne plus signe de vie, un *vigneron* s'en va à Pouilly avec sa voiture et ramène un médecin.

Celui-ci, pendant deux heures, essaie la respiration artificielle, mais en vain.

en bref, en peu de mots
repêcher, retirer de l'eau
vigneron, personne qui cultive le raisin et en fait du vin

La jeune fille, que personne ne connaît, ne revient pas à elle. Le maire est absent et il n'y a pas de *gendarmerie* dans le village. Le chef de la gendarmerie de Pouilly, qui est en *tournée,* ne pourra arriver que le lendemain.

Derrière la maison du *garde-barrière,* il y a une petite cabane que personne n'utilise. On y dépose le *cadavre.*

Vers dix heures du soir, le garde-barrière sort de chez lui pour laisser passer un train de marchandises. En passant devant la cabane, il s'aperçoit avec *stupeur* que la porte, qu'il a fermée lui-même, est ouverte.

Il prend peur et va chercher sa femme. Tous deux s'approchent de la cabane, une lanterne à la main.

Le cadavre a disparu! Il n'y a plus rien dans la pièce!

garde-barrière

---

gendarmerie, bureau de police
tournée, voyage fixé à l'avance pendant lequel on fait des visites déterminées
cadavre, corps d'un mort
stupeur, grande surprise

A six heures du matin, nous étions déjà sur place et, de la gare, nous pouvions apercevoir la cabane entourée de paysans très excités.

C'étaient presque tous des vignerons dont quelques-uns, avertis par le garde, avaient passé la nuit sur la route, à attendre l'arrivée des gendarmes.

Ces derniers étaient arrivés un peu avant nous et

avaient commencé un *interrogatoire* général qui donnait les résultats les plus *confus*.

Un fait était certain : la jeune fille, après deux heures de respiration artificielle, ne donnait pas signe de vie, et le docteur avait signé sans hésiter le *certificat de décès*.

Seulement un vieux *marin* venait de jeter le trouble dans les esprits en racontant une histoire dont il avait été le *témoin* : la fille d'un marin tombée à l'eau pendant l'absence de son père, avait été repêchée seulement une heure plus tard. Deux médecins l'avaient soignée et déclarée morte. Quand le père revint, il se jeta sur le corps de son enfant et, pendant dix heures, il lui fit la respiration artificielle. La jeune fille, enfin, revint peu à peu à elle . . .

Il est impossible de décrire l'effet. Les gens se mettaient *subitement* à trembler, et le garde-barrière n'osait plus regarder dans la direction de la cabane.

Le *brigadier* ne savait que faire. Il notait tout ce que les gens voulaient bien lui dire, et bientôt il avait rempli toutes les pages de son *carnet*.

Vers dix heures du matin une voiture arrive des Loges, un autre village, situé à quatre kilomètres de Tracy. Une grosse dame, tout excitée, en descend.

Elle crie. Elle pleure. Elle tremble. Un vieux paysan, silencieux, la suit.

---

interrogatoire, série de questions
confus, qui manque de clarté, qui est vague
certificat de décès, papier établi par un médecin et déclarant la mort de qn
marin, celui qui a pour profession d'aller sur les b ,teaux
témoin, celui qui a vu qc
subitement, tout à coup
brigadier, chef de gendarmerie
carnet, petit cahier sur lequel on écrit des notes

– C'était ma fille, n'est-ce pas?

On décrit la *noyée* ainsi que ses vêtements. Les gens discutent, car ils ne sont pas d'accord sur la couleur des cheveux. Mais il n'y a pas de doute possible.

La noyée est donc Angélique Bourriau, dont les parents viennent d'arriver des Loges.

Le père est tellement choqué par l'événement qu'il n'arrive pas à prononcer un mot. Mais la mère parle pour deux, de sa grosse voix qui crie.

– C'est ce Gaston, certainement . . .

On *tend l'oreille*. On apprend qu'Angélique, qui avait dix-neuf ans, était amoureuse d'un petit employé de bureau de Saint-Satur, qui n'avait pas d'argent et qui n'avait même pas encore fait son service militaire.

Bien entendu, les Bourriau *s'opposaient* au mariage. Ils avaient un autre *parti* en vue, un vigneron de Pouilly qui, lui, avait trente ans et beaucoup d'argent.

Le mariage devait avoir lieu deux mois plus tard.

Nous partîmes pour Saint-Satur, G. 7 et moi, laissant gendarmes, parents et curieux devant la cabane vide.

Il était onze heures quand nous entrâmes au bureau où Gaston Verdurier travaillait.

C'était un grand jeune homme de vingt ans, avec des yeux brûlants, des lèvres qui se mettaient à trembler à la moindre émotion.

– Veuillez sortir un instant avec nous . . .

– Mais . . .

– Vous préférez que je parle ici? Il s'agit d'Angélique.

---

noyé, personne qui est morte en tombant dans l'eau
tendre l'oreille, écouter attentivement
s'opposer, ne pas être d'accord
parti, jeune homme qu'il serait avantageux d'épouser pour des raisons matérielles

Il saisit brusquement sa casquette, et nous suivit dehors.

– A quelle heure l'avez-vous quittée, hier après-midi?

– Mais . . . Que voulez-vous dire? . . . Je ne l'ai pas vue . . .

– Vous l'aimiez, n'est-ce pas?

– Oui . . .

– Elle vous aimait . . .

– Oui . . .

– Vous n'avez pas voulu qu'elle épouse un autre . . .

– Ce n'est pas vrai!

– Quoi? Qu'est-ce qui n'est pas vrai?

– Je ne l'ai pas tuée!

– Vous savez donc quelque chose?

– Non . . . Oui . . . On l'a retrouvée, n'est-ce pas?

– Oui, on l'a retrouvée. Et, dans quelques instants, les gendarmes seront ici.

– Qui êtes-vous?

– Peu importe. Que savez-vous? Pourquoi avez-vous affirmé, avant que je ne vous apprenne quoi que ce soit, que vous ne l'avez pas tuée?

– Parce que je savais qu'Angélique n'accepterait pas ce mariage. Elle m'a dit plusieurs fois qu'elle préférait mourir . . .

– Et vous?

Nous traversions le pont de la Loire. De loin, on voyait les toits rouges de Tracy.

– Moi, je suis *désespéré*.

– Vous avez travaillé à votre bureau, hier après-midi? Pas la peine de *mentir,* j'interrogerai votre chef.

---

désespéré, qui a perdu tout espoir
mentir, ne pas dire la vérité

– Non . . . J'avais demandé *congé* . . .

– Et vous avez vu Angélique.

– Oui. Près des Loges. Nous nous sommes promenés ensemble . . .

– Quand vous l'avez quittée, elle vivait?

– Oui!

– Et vous n'avez aperçu personne? Grosjean, par exemple... C'est ainsi que s'appelle celui qu'elle doit épouser, n'est-ce pas?

– Je ne l'ai pas vu . . .

Le jeune homme était tremblant d'angoisse.

– Nous allons la voir? demanda-t-il.

– Oui!

– Ah! Nous allons . . . la . . .

Il s'arrêta.

– Eh bien? Vous n'avez pas le courage d'aller jusqu'au bout?

– Si . . . je . . . Mais vous devez comprendre . . .

Et soudain il éclata en *sanglots*. G. 7 le laissa pleurer et ne lui adressa plus la parole avant d'arriver devant la maison du garde, où la foule s'ouvrit pour laisser passage à Gaston Verdurier.

Celui-ci se cachait le visage à deux mains. Il demanda:

– Où est-elle?

Mais déjà la mère de la jeune fille se jetait sur lui et la scène devenait désordonnée, à la fois tragique et grotesque.

– Il s'expliquera à Pouilly! dit le brigadier en saisissant le jeune homme pour le mener à la ville.

Celui-ci était fou d'angoisse. Il nous regardait comme s'il comptait sur nous pour l'aider.

---

congé, autorisation de quitter son travail pour un certain temps
sanglot, pleurs violents manifestant du chagrin

– Je ne l'ai pas tuée, je le jure! répéta-t-il tandis que la voiture s'éloignait.

G. 7 n'était pas encore entré officiellement en scène. Il regardait autour de lui. Il écoutait.

– Dites donc! fit-il soudain en s'adressant au vieux marin qui avait raconté l'histoire de la *ressuscitée*. Vous n'étiez pas à Saint-Satur, hier au soir?

– Bien sûr, puisque c'est là que j'habite.

– Et vous n'êtes pas allé au café?

– J'ai pris l'apéritif. Mais pourquoi me demandez-vous ça?

– Vous avez raconté votre histoire?

– Quelle histoire?

Sans doute G. 7 en savait-il assez, car il tourna le dos, et me fit signe de le suivre.

– Pas la peine de nous presser! dit-il. Il y a un train pour Pouilly à deux heures. *D'ici là,* nous avons le temps de déjeuner à l'auberge et d'essayer le vin blanc du pays.

– Mais . . .

– Mais quoi? me demanda-t-il le plus naturellement du monde, et je compris qu'il tenait déjà la *solution* de l'affaire.

Deux heures plus tard, nous étions en face de Gaston qui, la tête baissée pour éviter notre regard, se défendait contre les *accusations* du capitaine de gendarmerie.

– Je ne l'ai pas tuée! . . . Ce n'est pas vrai . . . dit-il

---

ressuscité, qui est revenu de la mort à la vie
d'ici là, ici : entre ce moment-ci, et le départ du train
solution, réponse à qc
accusation, le fait de dire qu'une personne est coupable

en pleurant de colère et de *honte* en même temps.

– Mais vous ne vous êtes pas tué non plus! dit soudain
G. 7 d'une voix calme.

J'étais loin de m'attendre à cette phrase-là. Gaston
aussi, qui *sursauta*, regarda mon ami, *affolé*.

– Comment . . . comment savez-vous? . . .

G. 7 avait aux lèvres un sourire amer, terriblement
humain.

– Il m'a suffi de vous regarder pour comprendre . . .
Pour comprendre qu'au dernier moment vous n'avez pas
eu le courage! . . . Le dernier baiser! . . . La volonté de
mourir ensemble plutôt que de renoncer l'un à l'autre! . . .

---

honte, sentiment de s'être mal conduit
sursauter, faire un mouvement brusque causé par un sentiment
violent
affolé, rendu comme fou

Angélique qui se précipite vers le fleuve . . . Et vous, alors, vous, soudain *dégrisé,* qui regardez le corps emporté par le courant, vous *reculez,* vous restez là, immobile . . .

– Taisez-vous! . . .

– Le soir, à Saint-Satur, vous êtes au café. Vous buvez pour vous calmer. Un homme raconte une horrible histoire . . . On a repêché une jeune fille à Tracy . . . On la croit morte . . . Mais lui, il a son idée . . . Il a connu un cas pareil, autrefois . . .

«Vous écoutez. Vous tremblez de tous vos membres. Peut-être imaginez-vous Angélique *enterrée* vivante . . .

---

dégrisé, ici : qui a perdu son enthousiasme
reculer, ici : hésiter (à faire qc)
enterrer, mettre un mort en terre

«Vous vous précipitez dehors . . . Vous arrivez à Tracy . . . Vous volez le corps que vous emportez dans les bois proches . . .

«Vous tentez la résurrection! . . . Du moins je veux le croire, n'est-ce pas? C'est pour *vous racheter* que vous agissez ainsi! . . . Ce n'est pas pour empêcher, au contraire, Angélique de revivre, de vous accuser de *lâcheté* . . . »

Le jeune homme poussa un cri d'horreur.

– Hélas! elle est bien morte . . . poursuivit G. 7. Il baissa la voix.

– Allons! dites-nous où vous l'avez laissée . . .

Et dehors, cinq minutes plus tard, il *soupira :*

– Je ne sais pas pourquoi . . . Mais j'aurais encore mieux aimé m'occuper d'un *vilain* crime! . . .

Comme moi, sans doute, il gardait un poids sur la poitrine, tandis que deux gendarmes accompagnaient l'amoureux de vingt ans vers la forêt.

---

se racheter, essayer de réparer une faute commise
lâcheté, manque de courage
soupirer, respirer profondément pour laisser entendre que l'on n'est pas content
vilain, qui est malhonnête, scandaleux

Questions

1. Quelle est l'importance du vieux marin dans l'histoire?

2. Comment Simenon décrit-il l'atmosphère du village?

3. En quoi cette nouvelle est-elle différente par rapport aux deux premières nouvelles?

4. Pourquoi le commissaire décrit-il la scène tragique entre les deux amoureux devant Gaston?

5. Quels sont les sentiments de G. 7 à la fin de l'histoire?

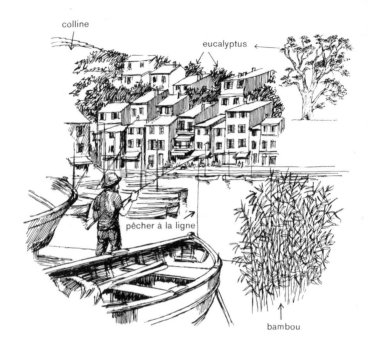

colline

eucalyptus ←

pêcher à la ligne

bambou

HANS PETER

L'arrivée dans l'île de *Porquerolles* est, plus encore qu'un *débarquement* sur la Côte d'Azur, comme un bain de soleil, de chaleur, de joie de vivre et d'optimisme.

Un village de deux cents habitants, au milieu d'une île de cinq kilomètres. Un tout petit port, où les yachts seuls *font escale.*

Porquerolles, île de la Méditerranée, près de Toulon, sur la Côte d'Azur
débarquement, le fait de quitter un bateau pour aller à terre
faire escale, s'arrêter pour débarquer ou embarquer des passagers (se dit pour un bateau ou un avion)

On se croirait en Afrique avec ces maisons blanches et roses, entourées d'*eucalyptus* et de *bambous*.

Les gens parlent en chantant, et ils passent leur vie à *pêcher à la ligne* sur la *jetée,* autour de laquelle l'eau est calme comme celle d'un lac, bleue comme sur les cartes postales.

jetée

On nous conduit, G. 7 et moi, à travers ce paradis. On ouvre la porte de la *mairie* et nous voilà dans la salle de conseil transformée en prison. Devant nous, Hans Peter, assis sur un banc avant notre arrivée, se lève et attend, sans nous saluer.

Le gendarme qui nous conduit est petit et gros, et il a les cheveux noirs. Hans Peter, est, au contraire, un grand garçon maigre, aux yeux très clairs et aux cheveux blonds – presque blancs.

Il porte une grosse veste comme on n'en voit que dans le Nord : en Suède, en Norvège, en Finlande.

– C'est lui! s'écrie le gendarme.

Il est le seul gendarme de l'île, où l'affaire a éclaté comme une bombe.

Je voudrais résumer les faits, mais je voudrais en même temps qu'on se fasse une idée de l'atmosphère de cette île.

Porquerolles est un paradis, comme je vous l'ai déjà dit. Et l'«Oustaou de Diou» est le paradis de Porquerolles.

---

mairie, maison où est le bureau du maire

Son nom signifie d'ailleurs à peu près : la maison du Bon Dieu. Une grande maison peinte en blanc, *dominant* le village et le port. Car le village est construit sur une *colline* et l'«Oustaou» se dresse sur le côté de celle-ci.

Des Anglais et des Américains ont proposé de très grosses sommes d'argent pour acheter cette maison sans luxe, mais dont la situation est unique.

C'est l'«Oustaou» qu'on aperçoit en arrivant, et on ne cesse de le voir de tous les points de l'île.

Quatre jours plus tôt encore, un petit *rentier,* Justin Bedoux, vivait là, tout seul. Un vieux marin, appelé le plus souvent l'Amiral, venait chaque jour faire son *ménage.*

Bedoux était un homme calme qui passait son temps à pêcher dans un petit *youyou* peint en bleu pâle.

youyou

Le lundi 13 août, l'Amiral s'étonne de trouver encore, à neuf heures du matin, l'«Oustaou» endormi. Il n'a qu'à pénétrer dans la maison par la première fenêtre venue, car celles-ci sont toujours ouvertes. Et il trouve son maître mort à côté de son lit, la poitrine couverte de sang.

---

dominer, ici : occuper une position plus élevée

colline, voir illustration page 46

rentier, personne qui vit de ses rentes (revenu annuel que l'on reçoit sans travailler)

ménage, ensemble des travaux nécessaires dans une maison

L'alarme est donnée. Tout le village vient en courant. L'unique gendarme n'a même pas le temps de mettre sa casquette.

Bedoux est bien mort, d'une balle en plein cœur.

Quelques instants plus tard, on fouille la maison. Dans un *réduit*, on découvre un vagabond endormi sur une *botte de paille*.

botte de paille

C'est Hans Peter, qui est arrivé dans l'île trois jours plus tôt. Depuis, il se promène, sans rien acheter, sans manger à l'auberge, sans coucher dans un lit.

On l'enferme à la mairie, *faute de* prison.

Seulement la question se complique aussitôt, car on n'a pas retrouvé le revolver : ni dans la chambre, ni dans le réduit, ni sur Hans Peter.

Et il n'y avait pas un centime, pas un , dans les poches de celui-ci.

On avait appelé la *Police Judiciaire* et G. 7 arrivait.

Je n'oublierai jamais le visage de Hans Peter tel qu'il nous apparut à ce moment. Il était tellement d'une autre race, tellement *dépaysé* parmi ces *Méridionaux!*

---

réduit, pièce sombre et misérable

faute de, (prép.), parce ce qu'il n'y a pas

Police Judiciaire, ensemble des gens qui sont chargés de découvrir un crime

dépaysé, mal à l'aise, à cause de changement de milieu, d'habitudes

Méridional, -aux, personne qui est du Midi de la France

A vrai dire, j'avais pitié de lui.

Il avait des *papiers,* mais un seul coup d'œil suffisait à révéler qu'ils étaient faux. Un de ces papiers le disait Danois, un autre Finlandais, un troisième Allemand du Mecklembourg.

Je crus d'abord qu'il ne parlait pas le français. Mais je m'aperçus plus tard qu'il comprenait cette langue sans en perdre un mot. Par contre, il ne la parlait que timidement, lentement, avec une étrange douceur.

Ses *souliers bâillaient,* et ses vêtements étaient en très mauvais état.

La première question de G. 7 fut :

– Qu'est-ce que vous faites ici?

– Je vais! . . .

C'était toute sa réponse. Elle s'accompagna d'un geste vague et j'avoue que je fus pris de pitié.

L'homme n'avait pas trente-cinq ans. Il n'*était* pas *rasé* depuis plusieurs jours, mais son visage gardait une certaine beauté.

C'était un vagabond, certes. Mais pas un vagabond vulgaire.

– Vous avez tué?

– Non! Je dormais . . .

– A quelle heure avez-vous pénétré à l'«Oustaou»?

– Le soir.

– Par la porte?

– Par le mur!

– Vous n'aviez plus d'argent?

– Rien!

– Vous n'aviez pas mangé?

---

papiers, ici : papiers d'identité
bâiller, ici : montrer des trous
être rasé, avoir la barbe coupée

souliers

oursin

Il ne connaissait pas le mot *oursin* mais expliqua en s'aidant de signes qu'il avait pêché *de* ces bêtes et qu'il n'avait mangé que cela depuis trois jours.

– Vous cherchiez du travail?

Il haussa les épaules, comme si la question eût été *superflue*.

– Je n'ai pas tué. Je dormais.

– Et vous n'avez rien entendu?

– Je dormais!

Ce fut tout. On n'en tira rien d'autre.

Nous visitâmes l'«Oustaou» et G. 7 s'installa dans le réduit où avait couché Hans Peter, en me demandant de tirer un coup de revolver dans la chambre de la victime.

L'instant d'après il m'affirmait :

– Le sommeil le plus profond ne résisterait pas à ce bruit-là!

Et j'en fus déçu. Je ne sais pourquoi j'éprouvais pour Hans Peter une certaine sympathie.

– Par exemple! poursuivit l'inspecteur, je serais curieux de savoir si la porte du réduit était fermée quand le gendarme est arrivé.

– Pourquoi?

---

de, emploi particulier du mot «de» qui veut dire «quelques-uns de»
superflu, qui est de trop, inutile

loquet

Il me montra la porte sans *serrure,* qui fermait extérieurement par un *loquet.* Et il affirma :

– Parce qu'elle ne ferme pas de l'intérieur!

La réponse du gendarme fut claire, confirmée par l'Amiral : la porte était fermée lorsqu'il découvrit Hans Peter.

G. 7 avait commencé son enquête avec une certaine *nonchalance.* Mais cette découverte lui fit changer d'attitude.

serrure

---

nonchalance, absence de hâte

Il entreprit une série d'interrogatoires qui prirent plus de deux heures.

Tandis qu'il parlait ou écoutait, je résumais ce que j'entendais par des *fiches* que voici :

Fiche Bedoux. – Justin Bedoux, *célibataire,* né à Hyères en 1877, d'une famille modeste. Est parti en Indochine à vingt ans. Y a réalisé une assez grande fortune et, à cinquante ans, a acheté l'«Oustaou de Diou» où il s'est installé. Aucune autre famille qu'un *neveu.*

Fiche Maronnet. – Jean Maronnet, fils unique de Joséphine Maronnet, née Bedoux, sœur de Justin Bedoux. *Orphelin* depuis l'âge de 18 ans. Agé de 27 ans *lors de* la mort de son oncle. Unique *héritier* de celui-ci.

A hérité de ses parents une fortune modeste. A épousé une femme qu'il connaissait depuis longtemps, à Paris. Passe l'été en yacht sur la Côte d'Azur.

Ce yacht, l'«*Epatant*», était depuis un mois dans le port de Porquerolles quand le drame éclata. Maronnet et sa femme vivaient à bord, sans domestique. Ils circulaient peu, et ne faisaient, par beau temps, que quelques promenades en mer.

J'ai vu l'«Epatant» : un bateau blanc de huit mètres cinquante, avec une seule cabine comme il y en a beaucoup en Méditerranée.

J'ai vu Maronnet aussi : un grand garçon mince et élégant.

---

fiche, petite feuille en papier épais, sur laquelle on inscrit des renseignements
célibataire, qui n'est pas marié
neveu, fils du frère ou de la sœur
orphelin, enfant qui a perdu son père et sa mère
lors de, au moment de
héritier, celui qui reçoit les biens de quelqu'un à sa mort
épatant, qui provoque l'admiration

J'ai même vu Maronnet et Hans Peter côte à côte, dans la maison du crime, près de l'endroit où le corps fut découvert.

G. 7 ne questionna guère les deux hommes. Il se contenta de les observer.

Marronnet, sans qu'on ne le lui ait demandé, éprouva le besoin de déclarer :

– J'avais déjà remarqué cet homme sur la jetée, où il se promenait pendant des heures. Vous croyez que c'est lui qui a tué?

– N'alliez-vous pas souvent à la pêche en youyou, avec votre oncle?

– Quelquefois.

– Vous n'avez jamais été pris par un *gros temps?*

– Non! Il n'y a pas eu un seul coup de vent pendant les dernières semaines.

G. 7 sourit, me chercha du regard. Et je compris qu'il avait trouvé la solution.

G. 7 laissa les deux hommes sous la garde du gendarme.

Une fois dehors, il me dit:

– Les voilà pris! Enfermés!

– Tous les deux?

– Tous les deux, oui! A cause de cette porte ne fermant que de l'extérieur, vous comprenez? Hans Peter n'a donc pu s'enfermer tout seul dans le réduit, une fois le crime commis! Et, si on l'avait enfermé contre sa volonté, alors qu'il était innocent, il aurait protesté ... En plus de cela, il dit de ne pas avoir entendu le coup

---

gros temps, pluie et vents rapides qui mettent les bateaux en danger

rocking-chair

pont

de revolver . . . Une seule solution : il n'a pas tué,
mais il était complice . . .

Nous nous promenions sur la jetée où Mme Maronnet,
légèrement vêtue, se balançait dans un *rocking-chair*
installé sur le *pont* de son yacht.

– Le couple commençait à perdre patience, n'est-ce
pas? L'oncle qui était capable de vivre un siècle!...
Les parties de pêche sur le petit youyou . . . Mais pas un
coup de vent permettant à Maronnet de faire passer le
vieux par-dessus bord et d'expliquer ensuite cela par
un accident . . .

«Difficile de le tuer autrement, sans risques.

«C'est alors que Hans Peter est arrivé, un vagabond,
par hasard, sans savoir même où il allait . . .

«Maronnet a compris que cela pouvait lui servir.
S'arranger pour que le vagabond soit *soupçonné* . . .

soupçonner, considérer qn comme coupable

L'enquête durerait des semaines, puis il faudrait bien un jour libérer Hans Peter, faute de preuve . . .

«Maronnet a donc pris un arrangement avec le vagabond . . . Il l'a conduit lui-même dans le réduit . . . J'ignore la somme qu'il lui a promise pour se laisser accuser pendant un certain temps.

«La seule chose à laquelle il n'ait pas pensé, c'est que la porte ne fermait que du dehors . . .

« Et c'est pourquoi ce joli monsieur passera sans doute le reste de sa vie en prison . . .»

Questions

1. Comment l'île de Porquerolles apparaît-elle à l'auteur?

2. Quels sont les sentiments de l'auteur vis-à-vis du vagabond?

3. Quels sont les sentiments qui ont poussé Maronnet à tuer son oncle?

4. Pourquoi Hans Peter a-t-il accepté d'être le complice de Maronnet?

grille

L'INCENDIE DU PARC MONCEAU

C'était le 14 septembre. A une heure du matin, un garde
de nuit téléphone au commissariat du quartier du Roule.
– Voulez-vous envoyer des agents rue Murillo . . .

---

incendie (m), grand feu qui brûle des maisons, des forêts, etc.
Parc Monceau, parc public dans un quartier très riche, à Paris

Et il explique qu'il a vu des lumières circuler dans l'*hôtel particulier* de M. Biget-Mareuil, alors que ce dernier fait une *cure* à Vichy avec sa femme et que les domestiques sont partis pour le château du Cher où les maîtres doivent passer le mois d'octobre.

La maison est donc vide. Le garde a cru un instant au retour du propriétaire ou d'un des domestiques, mais il a sonné en vain à la porte. En plus, c'est par une fenêtre de la *cave* qu'il a aperçu une lumière semblable à celle d'une lampe électrique de poche.

Au commissariat, c'est au chef lui-même qu'on téléphone. Celui-ci se dérange en personne pour aller voir ce qui se passe.

Une demi-heure plus tard donc, le commissaire et trois agents rejoignaient le garde qui leur affirma :

– Les voleurs doivent toujours être là. Personne n'est sorti. J'ai fait surveiller la *grille* qui, derrière la maison, sépare le jardin du Parc Monceau.

On sonne à la porte. Pas de réponse. On décide donc de forcer la porte. On va droit vers les caves où l'on n'entend aucun bruit.

Dans la seconde cave, pourtant, au milieu du sol, on trouve un *trou* de plus d'un mètre de long sur cinquante centimètres de large.

De même dans la troisième cave. Quelque chose remue derrière un *tas de charbon*. On sort les revolvers.

– Haut les mains! . . .

---

hôtel particulier, demeure vaste et luxueuse
cure, traitement dans une région particulièrement favorable à soigner certaines maladies
cave, partie de la maison au-dessous du sol
grille, voir illustration page 57

bêche

trou   tas de charbon

Et M. Biget-Mareuil en personne paraît, une *bêche* à la main, le visage noir de charbon, les ongles pleins de terre.

Je n'étais pas là, ni G. 7, mais je n'ai aucune peine à imaginer l'*embarras* du commissaire, les excuses mal prononcées, ni le tremblement de la voix du maître de maison, quand il donna cette explication *invraisemblable:*

– Je suis revenu pour cacher quelques objets de valeur . . .

---

embarras, sentiment de gêne
invraisemblable, difficile à croire

On le laissa seul. On ne pouvait faire autrement. Mais, à six heures du matin, G. 7 était prié de mener une enquête discrète. Et à huit heures, dans son bureau, il me disait d'une petite voix sèche :

– L'hôtel brûle toujours! Les immeubles voisins sont en danger. On s'est seulement aperçu de l'incendie vers cinq heures et demie et il était trop tard . . .

Nous sommes partis pour la rue Murillo. Nous avons regardé les murs en flammes, qui tombaient les uns après les autres. Les *pompiers* nous poussaient, nous criaient de nous éloigner.

Leur chef expliquait à mon compagnon :

– Ce que vous voyez à gauche de la porte est le garage

pompier

de M. Biget-Mareuil. C'est dans ce garage qu'on a pris l'*essence* qui a servi à allumer l'incendie.

– Aucun doute n'est possible? C'est bien un incendie volontaire?

– Ah oui, c'est sûr! . . .

– Croyez-vous que celui qui l'a allumé ait eu le temps de fuir?

– Sans peine! Il est même possible qu'il ait mis le feu depuis la rue, par une fenêtre de la cave.

Le commissaire se sentait responsable et expliquait pour la centième fois son attitude.

– Qu'est-ce que je pouvais faire d'autre? Pas l'arrêter, pourtant! Tout le monde a le droit de creuser un trou dans sa propre cave . . .

Ce qui est parfaitement exact! Et il est assez délicat de demander des explications à un monsieur tel que M. Biget-Mareuil.

Il y a eu des Mareuil ministres et même un Mareuil président du Sénat. Et ils eurent tous des fortunes colossales.

Le commissaire continuait à nous donner des renseignements :

– Le père est mort voilà un mois. Il était *veuf* depuis quelques années, malade, et ne sortait jamais de son appartement du premier étage. Le Biget-Mareuil actuel est fils unique.

– Et marié, n'est-ce pas? demanda G. 7.

– Depuis trois ans seulement, bien qu'il ait plus de quarante ans. Une *mésalliance.* Il a épousé une ancienne

---

essence, liquide tiré du pétrole, et qu'on utilise pour les autos
veuf, qui a perdu sa femme
mésalliance, mariage avec une personne qui n'est pas du même milieu

cuisinière de son père. Celui-ci, paraît-il, refusait de la voir, quoique demeurant dans la même maison.

– Elle est toujours à Vichy?

– Je lui ai envoyé un télégramme, il y a quelques minutes. J'attends son arrivée . . .

G. 7, que je ne quittais pas un instant, parlait aux uns et aux autres, et peu à peu il parvenait à compléter le portrait des hôtes de la maison.

Biget-Mareuil père, celui qui était mort un mois plus tôt, était un grand bourgeois, très froid et très sévère. Il avait épousé une Mareuil. On nous parla des *réceptions* données, vingt-cinq ans plus tôt, dans l'hôtel rue Murillo, alors que Mme Biget-Mareuil était toujours belle.

Car elle avait été une des plus jolies femmes de Paris.

Soudain les réceptions avaient cessé. On disait que son mari était devenu, *du jour au lendemain,* très jaloux.

Mais la famille donna une autre explication. Mme Biget-Mareuil souffrait d'une maladie qui la détruisait lentement.

Maladie ou jalousie? On n'en sut rien. En tout cas, elle *vieillit* rapidement et mourut dix ans plus tard. A la même époque son mari fut atteint d'une maladie qui l'obligea à *garder la chambre.*

On nous dit qu'il devint *insupportable* pendant les dernières années, et que trois ou quatre fois par jour on entendait ses colères dans la maison tout entière.

Et Biget-Mareuil fils?

Le portrait qu'on nous en fit était plus vague. Il était

---

réception, fête
du jour au lendemain, tout à coup
vieillir, devenir vieux (vieille)
garder la chambre, ne pas quitter la chambre
insupportable, qui a le caractère difficile

plutôt de ceux dont on ne parle guère. Pas de gros défauts. Pas de qualités remarquables. Contre la volonté de son père il avait donc épousé cette cuisinière qu'il connaissait depuis l'âge de dix-huit ans.

Celle-ci arriva à midi, en auto. Une petite personne, tout habillée de noir, plutôt vilaine avec un visage vulgaire, mais énergique. Une façon désagréable de remuer tout le temps, de parler plus haut que les autres, de traiter les gens comme s'ils étaient tous ses domestiques.

– Mon mari a certainement été attiré dans un *piège!* affirma-t-elle.

– Qu'est-ce qui vous fait supposer cela?

– Supposer? Mais j'affirme! . . . Depuis trois semaines, il n'était plus le même homme. Exactement depuis que, quelques jours après la mort de son père, nous avons quitté Paris pour Vichy, où nous avons notre villa . . .

– Il était nerveux?

– Il n'avait pas d'appétit. Et il parlait tous les jours d'un voyage qu'il devait faire à Paris pour affaires . . .

– Il n'a jamais parlé de *se suicider?*

– Lui? Se suicider? Et pourquoi donc? Il était heureux comme un poisson dans l'eau . . . Mais je devine ce qui se passe . . . Le «vieux» ne m'aimait pas et il a dû laisser un *testament* compliqué pour *se venger.*

Nous sommes allés voir le *notaire* de M. Biget-Mareuil,

---

piège, ce que l'on fait pour attraper ou tromper qn
se suicider, se donner la mort, se tuer
testament, document qui explique comment on doit disposer des biens (des possessions) de qn qui est mort
se venger, faire du mal à qn qui vous a fait du mal
notaire, officier public qui reçoit et rédige p.ex. les testaments des particuliers

un homme calme, regardant la vie de très haut.

– Des complications? Pas du tout! Il a laissé de petites sommes d'argent à ses vieux serviteurs, mais M. Biget-Mareuil fils hérite normalement de toute la fortune de son père . . .

– Aucune *clause* spéciale?

– Absolument aucune. Quant à la lettre contenant les dernières volontés, je ne l'ai pas lue . . . Je l'ai remise à M. Gérard.

– Il y avait une lettre!

– Cela arrive souvent. On ne sait ni où, ni quand on meurt, n'est-ce pas? M. Biget-Mareuil avait accompagné son testament d'une lettre pour son fils.

– Celui-ci l'a lue devant vous?

– ·Non . . .

Trois jours après nous étions tout aussi avancés. Des policiers avaient fouillé les ruines de l'hôtel. Même G. 7 et moi, nous y avions passé des heures.

Enfin les recherches faites pour retrouver M. Biget-Mareuil étaient restées sans résultat. On ne signalait son passage nulle part, ni dans les hôtels, ni dans les gares, ni aux *frontières*.

Il y eut toutes sortes de supposition : celle qui voulait que, dans les caves, M. Biget-Mareuil, la fameuse nuit, fût en train de creuser sa propre *tombe*, et celle qui l'accusait d'*assassinat*.

– Mais assassinat de qui?

Les domestiques étaient toujours au nombre complet. M. Biget-Mareuil n'avait ni amis, ni maîtresses.

---

clause, ici : disposition particulière d'un testament
frontière, limite entre deux pays
tombe, trou dans la terre où l'on met un mort
assassinat, l'action de tuer un homme

On ne trouva pas de cadavre dans les ruines. Il est vrai qu'il ne restait pas grand-chose, et qu'il était difficile de distinguer quoi que ce soit.

G. 7 ne me disait rien. Pourtant je sentais qu'il avait son idée. Et il ne parut pas du tout étonné le jour où Mme Biget-Mareuil vint nous montrer un télégramme reçu d'Athènes.

«Suis victime d'une horrible erreur stop t'expliquerai plus tard stop envoie-moi immédiatement de l'argent poste restante Athènes.»

«Gérard»

Je ne sais pourquoi je me mis à rire, à l'idée de l'homme qu'on nous avait décrit, circulant sans un sou dans les rues d'Athènes, sans bagage, sans passeport, et allant toutes les heures à la poste demander si son argent était arrivé.

Quand Mme Biget-Mareuil fut partie, après avoir promis à G. 7 d'envoyer l'argent à son mari, l'inspecteur se tourna vers moi en disant d'une voix hésitante :

– Tout à l'heure, pendant que je parlais avec notre visiteuse, une vérité m'est apparue; c'est que M. Biget-Mareuil ne creusait pas le sol pour cacher quelque chose. Sinon, il se serait contenté d'un seul trou.

«Ce qu'il voulait, c'était trouver quelque chose.

«Et quelque chose qu'il n'avait pas caché lui-même, puisqu'il n'en connaissait pas l'endroit exact.

«Quelque chose, pourtant, d'assez *compromettant*. Car, surpris par la police, il a eu l'idée de mettre le feu à la maison et de s'enfuir.

«Supposons un cadavre. C'est à peu près la seule chose répondant à ces conditions.

«Maintenant, souvenez-vous de la lettre remise par le notaire et de ce qu'on nous a dit des Biget-Mareuil père et mère.

– Vous croyez que c'est le vieux qui aurait tué? dis-je.

– On nous a affirmé qu'il était jaloux et que sa femme était très belle. On nous a dit aussi que les fêtes ont soudain cessé à l'hôtel et que Mme Biget-Mareuil, dès cet instant, est tombée malade . . .

«Supposons que son mari la surprend avec un autre homme . . .

«Un seul moyen de se venger. Il tue l'homme. Il l'enterre dans sa cave . . .

«Mais quand il sera mort, son fils ne vendra-t-il pas la maison? Ne découvrira-t-on pas un jour le cadavre? . . .

«Pas de scandale! Dans ce monde-là, c'est le premier

---

compromettant, de nature à mettre qn en danger ou dans l'embarras

principe . . . Le nom des Biget-Mareuil ne doit pas être *sali* . . .

«Une lettre accompagne donc le testament. Le père le supplie de ne jamais vendre l'hôtel, en aucun cas, et sans doute en dit-il la raison...

«Seulement le dernier Biget-Mareuil n'a pas le caractère des précédents. Un pauvre homme qui devient fou à l'idée qu'il y a un cadavre chez lui, qui ne pense qu'à *s'en débarrasser,* qui va à Vichy avec sa femme et envoie les domestiques dans le château, afin de pouvoir revenir seul dans l'hôtel vide . . .

«Il cherche . . . On le surprend . . . La police partie, il cherche encore, ne trouve rien, s'énerve, craint de voir revenir le commissaire, et n'imagine rien de mieux que de mettre le feu à l'immeuble tout entier . . .

«Et, effrayé de son acte, il prend le premier train venu, sans même penser qu'il a très peu d'argent en poche.»

Deux semaines plus tard, sa femme allait le retrouver à Athènes, d'où le couple partit pour les Indes.

---

salir, ici : critiquer
se débarrasser de, enlever ce qui gêne

Questions

1. Pourquoi ne peut-on arrêter Monsieur Biget-Mareuil quand on le surprend en train de creuser des trous dans sa cave?

2. Pourquoi l'incendie paraît-il suspect?

3. Qu'y a-t-il d'anormal dans le fait que les réceptions aient cessé du jour au lendemain chez les Biget-Mareuil – et dans l'attitude de Biget-Mareuil et de sa femme?

4. Pourquoi Simenon décrit-il de façon si précise les Biget-Mareuil?

5. Quel est l'intérêt dans le récit du personnage de l'actuelle Mme Biget-Mareuil?

6. Comment et pourquoi G. 7 découvre-t-il la vérité?

7. Pensez-vous que la police puisse accuser Biget-Mareuil fils du crime? Expliquez pourquoi.

marteau

LE CHÂTEAU DES DISPARUS

La première impression est toujours plus ou moins forte, selon les cas, mais, pour moi, elle reste toujours le souvenir le plus vif que je garde d'une enquête.

Cette fois, les moindres éléments du drame, tels

qu'ils nous étaient présentés, étaient bien faits pour impressionner. Le hasard voulait que nous arrivions à sept heures du soir dans ce petit village où les habitants, tout agités nous attendaient dans la nuit, car on était en octobre. Ils se sont mis à nous suivre à distance dès que nous sommes descendus du train pour nous diriger vers le château.

On devait être étonné que G. 7 allât droit au but sans interroger les paysans.

Devant nous, une allée sombre, avec des arbres de chaque côté. Au bout de cette allée une masse noire, éclairée seulement par une fenêtre.

G. 7 souleva le *marteau* et le laissa retomber lourdement . . .

Nous avons attendu cinq minutes au moins. Et je me souviens que mon compagnon tenait la main dans celle de ses poches où il a l'habitude de mettre son revolver. Nous ne pouvions savoir ce qui nous était réservé.

Ce que nous connaissions de l'affaire, ressemblait à un *cauchemar*. En deux mots, trois hommes avaient subitement disparu, dans ce château sur le perron duquel nous nous trouvions. Et on accusait le quatrième du crime.

Or, ce quatrième était le *châtelain,* le comte de Buc, qui aurait, pour des raisons encore mystérieuses, tué ses domestiques.

Nous l'aperçûmes à une fenêtre, d'où il se pencha. On nous avait prévenus qu'il se défendrait sûrement à *coups de fusil.* Mais ce ne fut pas le cas. Quelques

---

marteau, voir illustration page 69
cauchemar, mauvais rêve
châtelain, propriétaire du château

instants plus tard, la porte *s'entrouvrait.* Nous distinguions une haute silhouette dans le noir du hall. Et une voix nous disait :

– Police, je suppose? Veuillez vous donner la peine d'entrer, messieurs.

coup de fusil

balle de fusil

La porte se referma sur nous. Puis, une autre fut poussée et nous nous trouvâmes dans une bibliothèque qui était éclairée.

Le comte était grand, avec un visage pâle et un air fatigué. Il ne nous invita pas à nous asseoir, mais il nous désigna des chaises. Puis, sans attendre que nous parlions en premier, il raconta :

– Je vous attendais . . . Je pensais bien que ceux-là – il désignait le parc où les paysans formaient une masse silencieuse dans la nuit – s'occuperaient de mes affaires . . .

Il ne s'asseyait pas. Il marchait *de long en large.*

– Si nous étions toujours au Mexique, je ne vous aurais pas ouvert ma porte et je vous aurais envoyé quelques *balles de fusil...* Car, là-bas, j'avais pour principe de m'occuper moi-même de mes affaires . . .

---

s'entrouvrir, s'ouvrir à demi
de long en large, dans un sens, puis dans l'autre

«Mais il faut que je reprenne l'habitude de la France et de ses mœurs . . . J'ai vécu pendant vingt-cinq ans dans une des régions les plus désertes du monde.

«Lorsque j'ai quitté la France, j'étais ruiné. Il me restait juste ce vieux château, qui n'est lui-même qu'une ruine . . .

«J'emmenais un domestique, Vachet, qui est resté avec moi jusqu'à ces derniers temps . . .

«J'ai fait toutes sortes de métiers, là-bas. Par chance, j'ai fini par trouver une mine d'argent et je suis devenu très riche . . .

«Je vous ai parlé de ma *solitude.* Comme seule compagnie j'avais Vachet, ainsi que trois hommes qui furent à la fois mes compagnons d'aventures et mes valets . . .

«Juan, l'Espagnol . . . Un gros Hollandais appelé Peter . . . Enfin un Américain, John Smitt . . .

«Nous avons pour ainsi dire toujours vécu ensemble. Ensemble nous buvions, jouions aux cartes. Ensemble, quand la solitude nous pesait, nous allions à cheval à la ville voisine . . .

«A cinquante ans, le *mal du pays* m'a pris . . . Je suis revenu . . . Je me suis installé ici avec mes quatre hommes, et la première chose que Vachet a faite a été de me quitter en emportant quelques milliers de francs. Je n'ai rien dit à la police . . . Cela ne la regarde pas . . .

«Après trois semaines, je ne me sentis pas bien. Je vis un médecin qui, ne connaissant rien de ma vie, m'affirma

---

solitude, le fait d'être seul

mal du pays, tristesse causée par l'éloignement de son pays = nostalgie

que j'avais toujours eu le cœur faible et que la moindre émotion me tuerait . . .

Le comte riait. Il était tellement grand qu'il semblait dominer tout ce qui était autour de lui.

– Que voulez-vous? Ces gens-là vous impressionnent quand même . . . Je n'avais pas de famille, et c'est pourquoi je me suis décidé à faire un testament en faveur de mes trois compagnons restés fidèles et qui, du moins, m'ont aidé à faire fortune. Ils ont souffert de la faim, de la chaleur, des *moustiques* et d'un tas d'autres choses encore avec moi . . .

moustique

«J'avais confiance en eux . . . Mais, j'ai fait l'erreur de leur montrer le testament . . .

«Huit jours plus tard, je fus pris de *malaise* après un repas . . .

«Le lendemain cela allait encore plus mal . . .

«Le *surlendemain,* en analysant moi-même mes *aliments,* j'y trouvai de l'*arsenic* . . .

«J'ai compris. Sachant qu'ils étaient mes héritiers, mes compagnons voulaient l'être au plus vite . . .

«Je vous ai dit que, là-bas, on *rend* soi-même *justice.* J'en ai fait autant ici. Je les ai enfermés . . .

---

malaise, sensation d'être malade, d'une manière difficile à préciser
surlendemain, le jour après le lendemain
aliments, ce que l'on mange
arsenic, poison; produit qui peut rendre malade ou tuer
rendre justice, ici : punir; déterminer ce qui est bien ou mal

73

«Les paysans du village se sont étonnés de ne pas revoir mes compagnons ... Je m'y attendais ... Je vous attendais ...

«Puisque, en France, c'est la police qui s'occupe de ces choses-là, vous pouvez les emporter, en faire ce qu'il vous plaira ...

«Voici la clef ... Ils sont dans la quatrième cave, celle où il n'y a pas de fenêtre ...

Et l'homme, allumant un cigare, nous proposa :

– Vous voulez que je vous montre le chemin? ... Oh! ne craignez rien! Ils ne sont pas morts ... Nous avons tous la vie plus dure que cela ...»

Je ne suis pas capable de décrire cette atmosphère, ni

de donner une idée de mes impressions. Moins de cinq minutes plus tard, une lampe électrique à la main, nous étions dans les caves et nous *délivrions* les trois hommes.

Pas un mot de leur part! Pas un cri de colère!

On les conduisit dans la bibliothèque. Ils faisaient pitié, leurs vêtements étaient sales, déchirés, leurs barbes étaient longues.

– Vous êtes accusés tous les trois d'avoir tenté d'*empoisonner* le comte de Buc . . . prononça G. 7, qui ne semblait pas plus à son aise que moi.

L'un d'eux, l'Espagnol, ouvrit la bouche, mais la referma aussitôt comme s'il aurait préféré ne rien dire.

Mais l'Américain, lui, s'approcha discrètement de l'inspecteur et lui souffla :

– Vous n'avez pas compris? . . .

Et, avec crainte, pour ne pas être vu par le comte, il montra son front de l'*index,* en un geste *significatif.*

– Veuillez me laisser seul un instant avec ces hommes! dit alors G. 7 en s'adressant au châtelain.

Celui-ci sourit, haussa les épaules, sortit, et nous entendîmes ses pas dans le hall.

– Fou! vous comprenez? . . . expliqua l'Américain avec un fort accent. Cela lui est arrivé dès notre retour en France . . . Il croit que nous voulons le tuer . . .

«Il ne vit plus qu'avec un revolver dans chaque poche . . . C'est même pour cela que Vachet est parti . . .

«Nous, nous sommes restés, pour essayer de le ramener à la raison . . . Mais il se croyait du matin au soir en danger de mort . . .

---

délivrer, rendre la liberté
empoisonner, donner à manger qc qui peut rendre malade ou tuer
index, voir illustration page 76
significatif, dont le sens est facile à comprendre

«Par ruse, il nous a attirés à la cave . . . Il nous y a enfermés . . .

«C'est un malheureux . . . Avant cela, il était bon pour nous . . . Nous étions plutôt comme des camarades, là-bas . . .

«Ce qu'il lui faut, c'est du repos, des soins . . .

– Il y a combien de temps que Vachet est parti? demanda G. 7.

– Trois jours après notre arrivée en France.

– Comment était-il?

– Petit, très gros . . .

– Il avait de la famille quelque part?

– Sais pas . . . Il a dit qu'il ne pouvait pas supporter la façon dont le comte le traitait depuis son retour en France. Il est parti sans dire où il allait . . .

– Le comte était déjà fou?

– Bien sûr . . . Dès qu'il a été sur le bateau, il a changé . . .

– Et là-bas, au Mexique, cette folie n'avait pas commencé?

– Rien! . . . C'est l'air du pays, sans doute . . . Mais cela n'est pas de sa faute . . . Il faut qu'on le soigne, vous comprenez? . . .

– En somme, ce qu'il lui faut, fit G. 7, c'est la *maison de santé* . . .

Ils faisaient tous les trois «oui» de la tête.

Mon compagnon alla ouvrir la porte, appela :

– Monsieur le Comte . . . Veuillez venir un instant, s'il vous plaît . . .

Celui-ci parut, un sourire *sarcastique* aux lèvres. Ses premiers mots furent :

– Ils vous ont dit que j'étais fou, n'est-ce pas?

– C'est cela! répondit G. 7. Ils ont même ajouté que vous avez tué Vachet . . .

Je ne comprenais plus. J'osais à peine respirer. Je regardais autour de moi comme s'il s'agissait d'un cauchemar.

Le châtelain était devenu pâle.

– Remarquez que je ne les crois pas . . . dit l'inspecteur. Je les crois d'autant moins que je sais où Vachet se trouve . . .

Cette fois, ils tremblèrent tous les quatre, en regardant mon compagnon.

– Quand le comte est-il mort? demanda celui-ci d'une voix sèche.

---

maison de santé, maison où l'on soigne les maladies mentales (la folie)

sarcastique, entre amer et méchant

L'Américain fut le plus beau joueur. Tandis que le faux comte se mettait en colère, tandis que les deux autres regardaient autour d'eux comme pour chercher le moyen de fuir, il laissa tomber ses deux mains, en disant :

– C'est fini! . . .

Le comte de Buc était enterré dans le *jardin potager*.

L'*autopsie* devait confirmer l'affirmation de l'Américain. Il était mort d'une crise *cardiaque,* le lendemain de son arrivée au château.

– Ce qui ne veut pas dire, m'expliquait G. 7, tandis que nous roulions vers Paris, qu'ils ne l'eussent pas tué si cette mort ne s'était pas produite.

«Le comte arrive en France avec ses quatre compagnons. Il y a vingt-cinq ans qu'il a quitté le pays, où il n'a pas de famille . . .

«Au village même, on l'a oublié . . .

«Il meurt dès son arrivée, et, comme le testament n'est pas encore fait, les autres deviennent fous à l'idée qu'ils ont perdu à la fois leur situation et toute chance d'hériter . . .

«Vachet est le seul Français, le seul à connaître le village . . . On enterre discrètement le comte . . .

«Le domestique prend sa place et *passe pour* avoir quitté le château.

«On nous le décrit comme étant petit et gros, pour

---

jardin potager, petit jardin où l'on cultive les légumes
autopsie, examen d'un cadavre pour déterminer la cause de la mort
cardiaque, de cœur
passer pour, être considéré comme

éviter tout soupçon, car le comte était grand et maigre...
C'est cela qui m'a *mis la puce à l'oreille.*

«Vachet joue très bien son rôle . . . Les autres font semblant de le servir . . . Que se passe-t-il ensuite? Ils ont dû se disputer entre eux.

«Peut-être Vachet *se prend-il* tellement *pour* le comte qu'il enferme ses compagnons . . .

«Ensuite, quand l'affaire est découverte, les trois hommes, pour se venger, essaient de faire enfermer leur complice dans une maison de santé... Ainsi, ils resteront les vrais maîtres du château . . .

«Mais le coup a raté. Ils ont avoué . . .»

Questions

1. En quoi l'atmosphère du début de l'enquête est-elle particulièrement impressionnante?

2. Quelle sorte de vie le comte de Buc a-t-il menée?

3. Pourquoi le faux comte de Buc accuse-t-il ses compagnons d'avoir tenté de l'assassiner?

4. Pourquoi les compagnons le font-ils passer pour un fou?
   Quel motif les fait agir?

---

mettre la puce à l'oreille, expression voulant dire : éveiller les soupçons
se prendre pour, se croire

5. Quelle ruse l'inspecteur G. 7 emploie-t-il pour les faire avouer?

6. Comment G. 7 comprend-il la vérité?

Questions générales

1. Quelle nouvelle avez-vous préférée et pourquoi?

2. Quelle est la caractéristique des énigmes policières de Simenon?

3. Quelles sont les qualités de l'inspecteur G. 7?

4. Pouvez-vous définir le talent de romancier de Simenon?